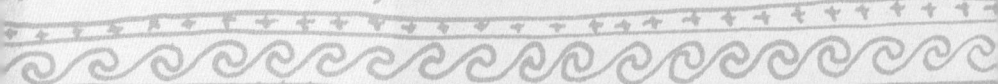

海猫的旅程

8

沉船往事

〔日〕竹下文子◎著　　〔日〕铃木守◎绘

王俊天◎译

北京科学技术出版社
100层童书馆

目　录

登场人物

栎次郎、阿柞
山猫族族长的两个儿子

珊瑚郎
海猫岛的水手

小榆、杉菜
山猫族的小孩

胡桃医生
山猫族的姑娘

风止
珊瑚郎的医生朋友

沉船往事

1/夏日的云

风从西南偏南的方向吹来，又踏着海浪飞驰而去。

我坐在防波堤的边缘，凝视着海面上一动不动的鱼漂。

从早上到现在，只有零星几条小鱼上钩，我把它们都放了。其实能不能钓到鱼根本不重要，钓竿和鱼饵都是我随便拿的。若想钓到像样的鱼，就必须认真对待钓鱼这件事，可我今天实在没什么心情。

时不时有几艘小船驶离港口，又有几艘归来。一群海鸥展开翅膀在天空中飞翔，不时降落到海面上。眼前的大海让我感到悠闲惬意，仿佛随时可以酣然入梦。

一阵脚步声离我越来越近，最后来人停在了我身后。

"珊瑚郎，钓鱼呢？"

我回头一看，原来是风止，想不到能在这儿碰见他。

"你在这种地方能钓到什么鱼啊？"

风止看着我空荡荡的鱼篓打趣道。

"真巧啊。"

"我是找你找到这里来的。"风止深深地叹了口气，坐了下来。

"你既然都回来了，至少也应该露个面啊。船还拴在码头，人却不知去了哪里。我还去问过珊瑚店的大叔他们，但所有人都说没见过你。"

"不过是来钓个鱼而已，没必要一五一十地向别人报告行踪吧。"

我举起钓竿。可惜，鱼饵又被吃了。

"怎么了？"

我一边往鱼钩上挂鱼饵，一边问风止。

风止是医院的院长，按理说非常忙，而他特意四处找我，肯定是发生了什么事。

"啊，也不是什么大事。"

话虽这么说，但风止看起来却焦躁不安。

"你这次打算在岛上待多久？"

"还没决定呢。"

我两天前刚从苍鹭岛回来。有一位工程师计划在苍鹭岛上建风力发电站，我专程去给他送零件。据说，那一个个比手还小的零件价格高得惊人，是很贵重的物品。我其实不大明白这些零件的贵重之处。不过，那趟旅程我还是感觉挺愉快的。

"那你最近有没有去贝壳岛的计划呢？"

风止压低了声音问我。

"没有。"

"别这么说嘛，真是个不近人情的家伙。"

"没打算就是没打算啊，我只是实话实说而已。"

贝壳岛？

我轻轻挥起钓竿，把鱼钩向远处抛去。

贝壳岛看起来是一座无人岛，但只有我和风止知道，岛上还隐居着从北方大陆迁徙过去的山猫族。

之前我从贝壳岛带回来一些药草，还因此引发了一场风波。此后我就尽量不再靠近那座岛。我接下与它位于相反方向的苍鹭岛的任务也有这个原因。

说到底，贝壳岛根本就不是一个让人轻松愉快的地方，那里和其他任何一座岛都不一样，到处充斥着剑拔弩张的紧张气氛，阴森得几乎让人窒息。外人无法取得岛上居民的信任，稍不留神就有丧命的危险。

"你很着急吗？"

"不急，顺路帮我捎过去就行。我估计贝壳岛上的药也快用完了，况且那边气候潮湿，还有毒虫出没。"

"你想让我帮你带什么？"

"注射器和针头、手术用的器械套装、麻醉剂，还有强力消毒水。"

我耸了耸肩说："这么吓人的货物啊，光听名字，就让人头皮发麻。"

"别这么说嘛，这些东西在任何医院都很常见。对了，还有三种营养剂、两本医书，还有……"

风止突然支支吾吾起来。

"还有？"

"嗯……还有件东西想托你带过去，"风止似乎有些难以启齿，"其实……是一封信。"

"信？是给胡桃医生的吗？"我看着风止问道，"你也清楚，那里除了医疗用品之外，什么都送不进去。他们会对送过去的物品进行全面检查，万一发现有不合适的东西混在里面，遭殃的可就是我了。而且，还会连累胡桃。"

"不是什么不合适的东西，绝对不是。"风止连忙摆手解释道，"说是信，其实里面写的是一些疾病的详细治疗方法、药剂的配比之类的内容，类似于笔记……"

"那应该没什么问题吧。你到底在担心什么？如实招来。"

"你别用这种眼神盯着我……这让我很难开口……"

风止一边喃喃地说着，一边从口袋里掏出手帕擦了擦汗。

"那个，毕竟是信嘛，我希望能和其他物品分开，由你亲手交给她。"

"我又不是邮递员。"

"我知道。"

风止看上去快要生气了。

"要是你非要这么做，我就多收你点儿钱，就当是送个特快件吧。不过，我的收费可是很高的。"

"珊瑚郎，你真是……"

看起来风止真的要生气了，我便不再逗他。

"开玩笑的，我怎么会收你的钱呢？但我不敢保证能拿到胡桃医生的回信。"

"没关系，只要你把信亲手交给她就好了。"

"还有，你尽量用薄一点儿的信纸写，长话短说，信太厚的话我不方便拿。"

"好的，好的。"

风止认真地连连点头。

"你把要送的东西都放我船上吧，我三天之内出发。"

我收回鱼钩，起身叹了口气。

"不过，风止啊……"

你心仪的姑娘，怎么偏偏是她呢？

我明白你的心意，但她是一位贝壳岛的山猫族姑娘啊。当然，我也有责任，我之前不应该贸然把你带到贝壳岛去。话虽如此，但你就不能选个交往起来更轻松的姑娘吗？

"怎么了？"

风止问我。

"没什么。"

我摇了摇头，远眺着海平线上方的滚滚白云。

又一个夏天来了。似乎能将我的整个身体熔化掉的灼热日光，唤醒了我尘封已久的记忆。

我来到海猫岛的时候也是一个夏天。那年，我第一次见到风止。可以说多亏了他，我才能死里逃生。

从那之后到现在，又过了多少个夏天呢？现在海猫岛已经是我的故乡。我和马林号能拥有海猫岛这样的港湾，我已经很知足了。

"没什么。"

天边的云朵缓缓变幻出各种形状，我眺望着远方，喃喃自语。

2/赤红的箭

起风了，海面波涛汹涌。

波涛撞向防波堤，白色的浪花四处飞溅。这种天气显然不适合钓鱼。

从云朵的形状来看，西行应该没什么大问题，我决定起程。

"喂，珊瑚郎，你是要出海吗？在这种天气？"

远处一个正在栈桥上散步的渔夫和我打招呼，之前我和他有过一面之缘。

"你可真厉害，我和伙计们今天都休息了。不过，这样的小风小浪对你珊瑚郎来说反而增添了出海的乐趣吧？要是没点儿惊险刺激，是不是感觉不尽兴呀？哈哈。"

我本想和他解释不是这样的，但又觉得实在麻烦，于是沉默着没有理会他。

"出海倒也可以，但要注意安全啊。"

渔夫朝着离开码头的马林号喊道。

我并不是刻意追求惊险刺激，如果可以，我宁愿优哉游哉地睡个午觉。不过，我也不反感惊涛骇浪。如果海浪太大，可能不利于其他船出海，对我倒没什么影响。

今天的大海心情不错，虽然看起来波涛汹涌，却是在笑着的。我可以听得见它那大笑的声音，让我的心也随之震颤。

对，就是这样，笑得再放肆一些吧。我抓紧缆绳，向船外探出半个身子，竖耳倾听。我想再多听几遍大海大笑的声音，继续吧，继续大笑吧。

马林号的心情也不错，它那绷得紧紧的船帆透露出这一点。它找准变幻莫测的风向后，轻盈地踏上海浪，仿佛看穿

了我的心思似的，笔直地向西驶去。

不错，是个好兆头。果然，黄昏时分浪停了，天空中出现一轮皎洁的明月。一切和我想的一样，非常顺利，不过或许是我一厢情愿地选择这么想。

这次的事倒不是很着急，若是海况恶劣，等上一天也无妨。换作平时我可能就等等了，可这次我为什么就即刻动身了呢？

冥冥之中好像有个声音在催促我，这个声音并非来自风止，而是另有其人，是来自更远的地方、更强大的一个人。他仿佛一块磁铁，想把我和马林号吸过去。

他究竟是敌是友？算了，无所谓，总之我先动身吧。

黎明时分，贝壳岛的轮廓朦朦胧胧地浮在海面上。

贝壳岛总是被薄雾团团笼罩着。岸边有许多礁石，被海浪推到岸上的贝壳堆在一起，看起来白花花的一片。别说港口了，这里连停船的地方都没有。没有比这里更适合遁世隐居的地方了吧。

登岛需要一系列规定的手续。为了让岛上的山猫族看清楚，我故意驾着马林号缓缓地靠近。山猫族为了提防外人，会昼夜交替站岗。岗哨一旦发现有船只靠近，就会立刻通知其他人。

我停好船，等着接收信号。过了一会儿，只见岛上小山的半山腰处有一缕白烟如细线般升上天空。那缕白烟在高空中变成了淡紫色，慢慢地随着西风飘散。这是山猫族常用的烽火，说明族长已经同意我把船停在岛上了。

我降下船帆，将引擎调至低速，开进河口。

这是岛上唯一的一条河，河里生长着一种名为小棒树的树。它们长得七扭八歪，树根都泡在水里，枝条则交错向天空伸展，遮天蔽日。马林号的船身如果再宽些，根本就驶不进河道。因为小棒树茂盛的枝叶将整条河遮得严严实实的，所以在海面上很难注意到这里有条河。

我留意躲避着树枝，一路慢悠悠地逆流前行。时不时能看到鱼儿跃出水面。这儿的鱼虽然个头很大，但游起来慢吞吞的，看上去不怎么好吃。

我选了一处水较深的地方停船，将船拴在岸边的树上，扛起装满货物的袋子。

我起初与这座小岛扯上关系只是因为有点儿好奇。当时我在海湾里发现了一艘沉船，然后就遇到了山猫族。但我感觉这座岛上还藏着什么秘密，因为有好多人家的大门都锁着。

我想起了临行时渔夫对我说的话。吸引我的是惊险刺激的感觉吗？或多或少是吧。反正我既不是为了赚钱，也不是

想多做好事才来到这里，只是为了把别人委托的东西送到指定的地方罢了。若有恰到好处的刺激感作为这份工作的"作料"，那倒也不错。

我环顾四周，没有看到任何人的踪影，不过我没太在意，朝着河流上游走去。

我虽然已经上岸了，但还不能擅自进入村庄。通常我都是去医院和胡桃医生碰头，把带来的货物交给她。当然，一切都是在监视下进行的，不能有丝毫可疑的举动。事情办完之后，我便立刻返航。一直以来我们都是这样交接货物的，这也是我们之前商定好的规矩。

不对……有蹊跷。

我停下了脚步，直觉告诉我好像哪里不对劲。

岸上的树林里一片死寂，没有一声鸟鸣，只能听到大风将参天大树吹得簌簌作响的声音。

没有鸟鸣声……鸟儿们为何不叫了？

突然，劲风袭来，有什么东西擦着我的耳畔掠过。我向后退了几步，看见前面的树林中有几个飞速移动的黑影。

"是我，海猫岛的珊瑚郎。"我扬声自报家门，"按照惯例，我来送些东西。烽烟信号已经发出了，我登岛也没问题吧？"

没有任何回应。

转头一看，不知何时我已经被黑影团团包围了。

我太讨厌这种被暗处的敌人悄悄包围的感觉了，尽管我心里清楚，他们是山猫族的年轻人。看来这些家伙还是一点儿都不欢迎我。但是，他们今天的举动也太反常了。

"喂，若是想让我回去，我就这么离开也无妨。"

说完，我举起双手示意不会反抗，心知在这种情况下，顺从才是明智之举。

"或者，不方便让我进村子的话，能帮我把胡桃医生叫来吗？"

依旧没有回应。

我心里琢磨着，货物放在这儿就可以了，可是风止的信该怎么转交给胡桃医生呢？

"你们说句话吧。"

刹那间，又有东西嗖地朝我飞来，钉在我旁边一棵横纹野漆树上，发出微弱的声响。那是一支鲜艳的羽箭，和铅笔差不多长。

"你们到底想怎么样？"

我话音未落，接连又有几支箭向我射来。我扔下货物，匍匐在地。

这可不是简单的威胁了，这些家伙动真格的了。

贝壳岛上似乎发生了什么事。岛上的居民早前就已经分成两派，一派顽固地坚守着岛上的旧规，另一派则想进行改革。我目前就在两派之间游走，就像走钢丝，稍有不慎就会破坏两派之间的平衡，给自己带来麻烦。

没有太多时间容我思考。对方熟悉这里，人数也多；我单枪匹马，船又在远处。对方无法沟通，若是正面对抗，我也没有胜算。

我在心里数到三后，径直飞身跳起，一边躲避着箭，一边穿过茂盛的扇蕨丛，跃至对面的树后。我知道敌人正迅速地缩小包围圈。若我停在一个地方不动，只会更方便他们攻击我。情况紧急，容不得喘息休息，我迅速跃向另一棵树后，以躲避另一轮箭雨。

不知是第几次躲到树后，我忽然感到左臂一阵刺痛，就像被蜜蜂蜇了一样。我用右手把扎进左臂的箭拔了出来。是一支红色羽箭，我看了一眼便把它扔了。

当务之急是尽可能靠近船，别无他法。越磨蹭，留给他们的机会就越多。我蜷起身子在一片片球果杜英丛中逃窜，总算看见了停在河边的马林号。

就在此时，黑影纷纷从树上跳了下来，挡在我和马林号之间。突然，我感到天昏地暗，好像太阳一下子被云层遮住了，周围变黑了。我看不清东西，同时感到腿酸软无力，连忙用手去扶岩石，却仍然站不稳。

是刚才的那支箭！有毒？……

鸟鸣声越来越近。不，不是鸟鸣，是山猫族联络用的口哨声。一双双琥珀色的眼睛无声无息地围了过来。

我本想说点儿什么，却发不出任何声音。琥珀色的眼睛里射出的寒光在我身上打转，又逐渐远去。随后，无边的黑暗拖着我沉入大海深处。

3/医院

我再次睁开眼，朦胧中看到一团像花一样的东西。那巨大的黄色"花朵"如真似幻，在我眼前摇曳。

那"花"又倏地缩小，变幻成似曾相识的形状。

回过神来，我发现自己正躺在一个昏暗的小房间里。刚刚出现在眼前的"花朵"原来是天花板上的老旧吊灯。

我缓缓转头查看四周，松了一口气，原来这里是贝壳岛的医院。之前和风止一起来的时候，我还在这里睡过。下船后的记忆慢慢被唤醒。我是被人从岸边抬到这里的。

这时，一阵轻轻的敲门声响起。我强撑起身体，突然感到一阵剧烈的恶心，脑子里就像塞满了棉花一样，昏沉沉的。

　　见我没反应，屋外的人等了一小会儿，便自己推开了门。一位山猫族小女孩轻手轻脚地走了进来。

　　她手脚纤细，长着一双吊梢眼，瞳仁也是琥珀色的。从她身上的白大褂判断，她似乎承担了类似护士的工作。在贝壳岛，孩子们稍长大些就要协助大人们工作了。

　　女孩对上了我的目光，战战兢兢地走向我，然后把一个小木罐递了过来，里面装着浑浊的白色液体。

　　"这是什么？"

　　我开口问道。

　　"这、这个是药。"

　　女孩似乎僵住了，回答道。

　　"请喝药。"

　　"我不需要。"

　　"但是，胡桃医生说……"

“我说不需要就不需要。”

我一挥手，罐子一下子从女孩手中滚落，药全都洒到了地上。女孩仿佛下一秒就要哭出来似的，捡起罐子飞快地跑出了房间。

我看着她的身影消失在门口。其实我并非有意刁难她，只是有些恼火罢了。他们先用毒箭让我昏睡，再把我带到这里，到底想干什么？我还注意到自己随身携带的匕首也不知去向。还有，这个房间的窗户上竟然安装了坚固的栏杆。

过了一会儿，那个女孩又拿着药罐回来了，她这次一句话都没有说，只默默地将药递给了我。

"你递给我多少次都一样，我不想喝药。"

"不，你必须把药喝了。"

这斩钉截铁的声音并不是来自女孩。我抬起头，看见胡桃医生站在门口，不知她什么时候来的。

"真是盛大的欢迎仪式啊。"

我脱口而出，能明显感觉到自己的声音有些尖锐。

"毒箭之后，还有什么？"

"解药。味道苦了点儿，请忍耐一下。"

胡桃说话的方式一点儿都没变，典型的医生口吻，干脆又冷静。

"你要是不喝，毒素会残留在体内，有落下后遗症的风险。"

"知道了。"

我放弃了与她对峙，拿起药罐一饮而尽。这药也太难喝了，我感觉舌头火辣辣的。

胡桃对女孩简短地耳语了几句，女孩点了点头出去了。胡桃砰的一声关上了房门，长吁一口气，转向我。

"实在对不起，事态竟然……演变到这一步。"

胡桃的声音与刚才截然不同，声音又小又颤，我几乎快要听不见了。

"族长……就是我的叔父柏左卫门，去世了，也就是一周前的事。"

原来是这样啊，和我的猜想八九不离十。

"真是太令人惋惜了。"我感慨道，"柏左卫门先生是一位很了不起的族长，他是病逝的吗？"

胡桃轻轻摇了摇头。

"当时叔父正在山上指挥大家伐木，一棵大树突然倒了下来，砸在他身上。叔父就这么被压在了树下。他非常熟悉山里的情况，绝不可能犯这种错误……我不相信这只是一场意外。"

"你的意思是……"

如果不是意外，那族长就是被谋杀的。

胡桃努力让自己平静下来："叔父被送到医院的时候，已经没有呼吸了。因为当时是在深山里，所以谁也没有看清一切是怎么发生的，我也不想揣测究竟发生了什么。"

胡桃沉默了片刻，似乎有些犹豫。

"你也知道，我叔父这个人特别严厉，而且不轻易相信他人，生前也得罪了很多人。但奇怪的是，他唯独欣赏你。珊瑚郎，你不知道你送过来的东西，帮了我们多大的忙。"

"但新族长似乎并不这么看。"

听我这么一说，胡桃又沉默了许久，随后她好像下定了决心似的，加快语速向我讲述起整件事的来龙去脉。

"实际上，山猫族内部是有纷争的。叔父有两个儿子——栎次郎和阿柞，其中一个儿子将继承山猫族族长之位……"

"他们是亲兄弟吗？"

"是的，不过他们长相和性格都不太像，可以说是截然不同。叔父更偏爱弟弟栎次郎，但阿柞却坚称应由长子继承，不肯将族长之位相让。于是，整座小岛的居民就分成了两派，一派支持弟弟栎次郎，一派支持哥哥阿柞。"

"是哪一派人用毒箭射伤我的？"

"是栎次郎让他手下的年轻人干的。他们先用烽烟把你引来，然后……"

胡桃说不下去了，她看上去十分痛苦。我深深地叹了口气。

"我明白了。也就是说，我是那个叫栎次郎的家伙的眼中钉，对吧？"

胡桃猛地抬起头，尽量压抑着激动的声音说道："不，不是这样的！"

"不是吗？"

"珊瑚郎先生，请你一定要相信这一点。如果那支箭是阿柞派人射的，你就不仅仅是昏睡这么简单了，可能已经没命了。栎次郎希望你能站在他这边，这个机会他已经等了很久了。为了防止你落入阿柞之手，他只好先发制人。"

"原来是这样啊。"

我一时间不知道该说些什么，只是无奈地应了一句。对我而言，这一切听上去像是离我很遥远的一出大戏。

"情况我已经大概了解了，但这和我没什么关系，请别把我牵扯进来。"

"真的很抱歉。"

胡桃说着垂下了头。

"你和我道歉也无济于事，放我走吧。"

"这……不行。"

胡桃轻轻地摇了摇低垂的头。

"栎次郎本想把你带到深山里，是我说你需要治疗，才把你带到这里来的。为了保证你的安全，只能让你先在这里待一阵子了。况且外面还有人看守，现在离开太危险了。"

"你要留我到什么时候？"

"明天晚上将召开最终会议，选出新的族长。会议之后，栎次郎会来与你商谈。在那之前，请务必待在这里……"

我翻了个身，仰面躺在床上。

不管怎样，现在我已经完全被牵扯进来了。

我不知道栎次郎是个什么样的人，从他打招呼的方式来看，他似乎并不是个温和的人。不过，如果那个阿柞成了族长，我的处境又会如何呢？

当胡桃正准备离开房间时，我叫住了她。

"胡桃医生，我把带来的货物放在船边的扇蕨丛了，你去取吧。里面都是些你要的东西，此外还有一封风止的信。"

胡桃转过身，惊讶地睁大了眼睛。

"风止医生的……"

"风止很担心你。揭下医书的封面你就能看到信了，千万别被其他人发现了。"

胡桃嘴角微微颤动，似乎想说什么，最后却什么话都没说。这时，走廊里传来轻微的脚步声。

"胡桃医生，有、有个患者他……"

刚刚那个女孩的声音响起。胡桃一声不响地垂下了眼睑，快步走出了房间。门关上后，咔嗒一声，响起了金属插销被插上的声音。

确认脚步声远去后，我走到门口查看。果然，门已经打不开了。我用力朝门踹了一脚，但这扇门比普通房门厚多了，被我踹了一脚后依旧纹丝不动。至于窗户上的栏杆，我连试一试的想法都没有。

我再次躺回散发着药草气味的硬床上，天花板上有一片形状不规则的水渍，看起来就像一幅古老的航海图。

我一直惦记着停在河边的马林号。这座岛上的人都憎恨船、害怕船。别说坐船了，就连小孩玩船模都是明令禁止的。

这座岛上的山猫族起初是乘坐从海猫族手里抢来的船才来到这里的。但后来船沉了，他们哪儿也去不了了。他们因此就对船恨之入骨，这简直太荒谬了。但不管怎样，他们一族也在这座条件艰苦的海岛上艰难地生存下来了。这里土壤贫瘠，水质也很差，总之，如果不团结一致，是没法继续生存下去的。

如今，一直严守旧规的族长去世，继承者野心勃勃，岛上现在风雨飘摇，局势紧张。我却运势不佳，被卷入了风暴的中心。

为了提防山猫族的家伙打马林号的主意，我曾向他们暗示过船上设有特殊机关，所以他们应该还没敢碰马林号。但实际上，别说特殊机关了，我连防盗装置都没安装，若是被他们识破这一点，说不定他们会……

我摇了摇头，不愿再想下去。大概和胡桃说的一样，我除了老老实实地待在这里，别无选择了。我即便逃出了房间，若不能摆脱看守的监视，顺利地回到船上，一切都毫无意义。一想到他们手中的箭和瞄准的准确度，我就打消了这个念头。

过了一会儿，那个女孩来给我送饭了。她见我一动不动地躺着，大概以为我睡着了，就把东西放在离床较远的桌子上，蹑手蹑脚地离开了。

几个罐子里盛着的东西不像是药，也不像是正经饭菜，根本无法唤起我的食欲。胡桃可能忙着看诊，并没有露面。

月光透过窗子洒进来，一缕白色的光束经过我的胸，一直延伸到地板上。

胡桃是个很好的姑娘，虽然年轻，性格却内敛稳重，头脑也很聪明。不过，她过于聪明和冷静了，常常把自己真正的想法深藏起来。也许她有许多不得不这么做的理由吧。栎次郎和阿柞都是胡桃的堂兄，胡桃心里到底是怎么想的，我完全看不出来。

　　喂，风止，我得再次提醒你，那个山猫族的女孩可不是个合适的交往对象啊。

4/小榆和杉菜

不知不觉，我睡了过去，直到一声异响将我从梦中惊醒。我看到月光照到的位置已经和之前的有好一段距离了。

窗外传来咯吱咯吱的声音，听上去像老鼠在啃松果。

"珊瑚郎先生？"虫鸣声中夹杂着微弱的低语，"珊瑚郎先生，你能听到吗？"

我蹑手蹑脚地向窗边移动，不动声色地透过栏杆的间隙往外看，一个小小的黑影正蹲在窗户下方的草丛中。

"是谁？"

一双闪闪发亮的眼睛向上看着我，是一个山猫族小孩。

"是我呀，小榆，你还记得吗？你教过我们系'称人结'的方法。"

"噢……"

我想起来了。之前在岛上无所事事时，我曾教过孩子们一些打绳结的方法，眼前的这个孩子学得最起劲了。

"我记得呢，你都长这么高了啊。你妹妹还好吗？"

小榆微笑着点了点头。

"今天白天我去河对岸采西特果了，恰巧看到他们把你抬到这里来了，我还听到了你们的对话。"小榆语速飞快地解释，"珊瑚郎先生，留在这里太危险了。你知道吗？阿柞那伙人已经盯上你了，还到处造谣说你和风止医生是海猫族的间谍，要是对你们放任不管，迟早有一天海猫族会攻过来的。"

"简直太荒谬了！"

小榆的话如同一记响雷在我头顶炸开，我惊呆了。山猫族和海猫族的恩怨早已是过去式了，他们居然到现在还把我们当作敌人。现如今，谁还有理由重新挑起战火与争端？这群山猫简直草木皆兵。

"我才不信那些鬼话呢。"小榆认真地说，"风止医生是我妹妹的救命恩人。不光是我，那些被风止医生救了的人都不相信阿柞的鬼话。阿柞是一个凶残的人，仗着自己是族长的儿子，到处欺负人。如果和他作对，背地里就会被他下黑手。"

"下黑手？"

"是啊，比如他的人会故意糟蹋别人家的田地，有些人家仅仅因为没有交麦子，他就派人去烧他们的粮仓。他还威胁胡桃医生呢，但胡桃医生绝对不会对这种人言听计从的。"

"原来如此。"

我有些愤怒，但身为外人的我又能做些什么呢？我现在只想拿回我的马林号。

"珊瑚郎先生，快逃吧。"

小榆仰视着我，双眸就像琥珀色的星星，在黑暗中闪闪发光。

"那也得能逃出去才行。"

"我会帮你的。"

我摇了摇头："你还是个孩子，别冒险。"

"没事的，我是山猫族，并且已经可以独当一面了。"小榆噘了噘嘴说道，"我的眼睛在黑夜也能看得一清二楚，我跑得也很快。我比你更了解岛上的情况，连岛上那些大人不知道的密道我都一清二楚。"

小榆说的话很有道理。在贝壳岛上对抗山猫族，我完全处于劣势。

"小榆，既然这样，我有事想请你帮忙。"

"好。"

"我想知道我的船怎么样了，我把它停在了河下游的深水处。"

小榆点了点头。

"你说的地方我知道，我去帮你看一下。还有别的吗？"

"这周围有多少看守？"

"屋子前后各有一名。不过，阿柞的手下在到处游荡……"

小榆忽然停止了说话，机警地竖起耳朵。下一秒，草丛倏地一动，小榆的身影便消失了。

不远处的树下，一个看上去像是看守的黑影手里提着一根长棍慢悠悠地走过。

我站在窗边，装出一副无所事事的样子赏月，站了许久都没见小榆回来。黎明时分，睡得迷迷糊糊时，我再次听到微弱的声响，好像有什么东西从窗户被扔进来，掉到了地上。

我捡起来一看，原来是个用薄薄的树皮裹起来的东西，掂在手里还颇有分量。我把树皮展开，里面的东西露了出来，是我的匕首。

我连忙朝窗外看去，一个人影都没瞧见。小榆究竟从哪里弄到了这把匕首？

再看树皮，只见内侧有用草汁书写的符号。我就着月光仔细看了起来。

是地图！虽然它看上去是小孩子幼稚的涂鸦，但河流和船的样子还是挺像的。马林号好像还停在老地方。图中的船旁边被标了一个"〇"，这可能是在告诉我船平安无事吧，还有许多"△"和"×"，应该指的是有看守的地点和看守数量。原来外面有这么多人啊，这地图真是帮了我大忙。

我将地图上的信息牢牢地刻在脑子里，然后把它撕成碎末，神不知鬼不觉地扔出窗外，接着将匕首握在手里。

单凭一把匕首根本做不了什么，但它毕竟跟随了我多年，这沉甸甸的感觉让我安心。

顺其自然，总会有办法的。遇到暴风雨时，我能做的只有暂时躲避，再设法摆脱困境，一直以来我都是这么活过来的。我是不会死在陆地上的，死也要死在我的船上。

天亮了。之后白昼过去，天色又转暗，很快又是傍晚，然而什么也没发生。

这个狭小的房间通风很差，像个大蒸笼。我只能通过从窗外照进来的光线推测大致的时间。我躺在床上，迷迷糊糊地看着长腿黄蜘蛛晃晃悠悠地从墙壁爬上了天花板。

我根本无法适应这种被软禁的生活。困在这种地方什么都干不成的感觉，比想象中的还折磨人。我脑子变得迟钝，心情也跌至谷底，翻来覆去地想着同一件事。

我突然理解了，虽然空间大小不同，但这群山猫其实和我一样，也算是被软禁起来了。被软禁在这座贝壳岛上，哪儿都去不了，难怪这里有那么多不明是非的老古董。

我不时偷偷拿出匕首，凝视一会儿刀刃上的寒光，然后再把它收起来。

　　端来的饭菜我连碰都不碰，那个女孩每次将饭菜原封不动地撤走时，总是露出一丝难过的神情。

　　其实我是有机会逃走的。我完全可以在那个女孩开门的时候，伺机劫持她作为人质，这样一来我就能离开这里了。可是，我真的做不到。胡桃也知道我下不去手吧，所以才放心地派这个孩子来给我送饭。她真是聪明，太聪明了，想到这里我更烦闷了。

　　"你叫什么名字？"

　　记不清是那个女孩第几次来的时候，我试着问了一句。女孩似乎被吓到了一样向后退了一步，小声地回答我："杉菜。"

　　"杉菜啊，是个好名字。"

　　女孩嘴角露出一丝不易察觉的微笑。

　　"你在这儿是给胡桃医生帮忙吗？"

"是的。帮忙照顾住院的病人，也学习一些制药方法。"

"你想成为胡桃医生那样的人吗？"

杉菜轻轻地点了点头，眼里焕发出光彩。

"听我说，我不需要食物，可以帮我拿一杯凉水吗？"

"好的。可是……还是多少吃一点儿吧。饭菜可能不算可口，但你要是一口不吃，身体会吃不消的。"

女孩的口吻像是一名已经出师的护士，她努力用严肃的语气说话的样子把我逗笑了。

"谢谢你的关心。不过，明明不想吃还硬往肚子里塞的话，反而对身体不好。我想先喝点儿水，然后有些话想和胡桃说，你要是有空，能帮我叫一下她吗？"

我注意到医院开始变得嘈杂起来。

我听到门外响起一阵阵匆忙的脚步声，还有语调尖锐的简短交谈声。我所在的这个房间位于医院走廊的尽头，所以我无法了解具体发生了什么，大概选举新族长的会议马上要开始了吧，空气中弥漫着紧张的气氛。

最后选出的新族长无论是栎次郎还是阿柞，恐怕这场派系之争都不会轻易平息，一定会掀起轩然大波。我等待的就是那一刻，或许那会成为我逃跑的好机会。

到时候一定会发生巨大的骚动。珊瑚郎，机会来临时可千万要抓住啊。

太阳下山的时候，胡桃终于出现了。

"不好意思，刚刚有人受了伤……我来晚了。"

胡桃反手关上身后的门，小声对我说。

"谢谢你带来的药品，真帮了大忙啊。"

"信看了吗？"

我问道。胡桃放下手中提着的水壶，无声地向我点了点头。

"那就好。"

是啊，太好了，我的任务也算完成了。我虽然并不知道风止在信里写了什么，但是从胡桃的眼神可以看出，那封信所写的内容不止是关于疾病和药物的。一个人无论再怎么想隐藏内心的想

法，眼神是藏不住的。

风止，我不会妨碍你。但是，你真是选了个很"麻烦"的交往对象啊。地点、时间，总之，一切都很麻烦。

"既然读完了，还是把信烧掉比较好。如果你有什么想说的，我可以帮你转达。当然，前提是我运气足够好，能活着回去。"

说完这句话，我闭上了眼睛。黑暗中，古老的航海图又隐隐约约地浮现在我脑海中，黄色的蜘蛛摇摇晃晃地横穿而过。

5／脱逃

屋外的骚动声逐渐变小，后来便远去了。夜幕降临，四周安静得简直有些诡异。

我仍旧一动不动地躺在床上，出神地盯着天花板上那片早已看腻的水渍。

我隐约觉得哪里不太对劲，到底是哪里呢？这种"不对劲"的感觉并不是来自屋外，而是头顶的天花板。从昨天开始，我就一直盯着那片像航海图的水渍看。

是哪片海域的图呢？我能看到一部分像陆地的轮廓，还有蜿蜒曲折的海岸线、倒放的长筒靴形的海湾、设有灯塔的海角，还有几处像小岛，离陆地最远的那座岛看起来模模糊糊的，有几分像海猫岛。

如果这真是一张航海图，那有的地方也太奇怪了，位于中间的航路被分成两段，并不相连。这就好像两张毫不相关的航海图被拼接在一起，让我在意的正是这一点。

或许那里是断层空间带，我推测。

断层空间带就像海上看不见的空间断崖，不，应该叫它空间的交汇面更准确。在那里，两个空间叠加在一起，就像楼房的一层和二层一样。不过，断层空间带可没有楼梯相连，一般情况下，下层空间的人上不来，上层空间的人也下不去。虽然两个空间看似连接在一起，实际上是被完全分隔的状态。

我曾在绮罗海遭遇过一场海难，就在我被甩下船的瞬间，竟不知不觉地穿过了断层空间带，去了另一个空间。那时，是旗鱼船长的海龟号去另一个空间接的我。海龟号装备的特殊动力源可以使它穿越断层空间带，它也是最后一艘具备这种能力的大型船只。

海龟号报废之后，海猫岛就再也造不出这种古式船只了。而且，由于跨越断层空间带很危险，如今在海猫岛是被明令禁止的。

但是，从海底的女神像来看，之前抵达贝壳岛的山猫族所乘坐的船应该也具备跨越断层空间带的能力。那么，我眼前的这幅航海图是否隐含着他们曾经走过的航线呢？如果是这样……

想到这里，我不禁苦笑，我是有些糊涂了。那只是渗入屋顶的雨水形成的水渍而已，压根不是什么值得研究的对象，是因为我过度疲倦了吗？清醒点儿，珊瑚郎，这点儿事可不能让你投降认输。

我刚要将视线从天花板移开，却注意到昏黄的吊灯好像摇晃了两下，可屋里明明没有风。正当我感到奇怪时，灯忽然熄灭了。

我没心情起身查看灯的状况，还保持着之前的姿势，在黑暗中睁着眼躺在床上。

黑暗深处忽然冒出了一个小小的红点。它轻轻地摇曳着靠近我，突然分裂成了十个、二十个，红点四处飞溅。我眼睁睁地看着每个红点都变成了火苗，熊熊燃烧。

（房子着火了，仓库也正在燃烧，叫喊声震天，许多黑影四散逃窜，躲避火星。）

这毫无预兆地突然出现的可怕场景是怎么回事？是梦魇吗？还是……

我想纵身下床，但身体动弹不得。天花板上的航海图在大火的包围下剧烈地扭曲着，图案模糊成一团，航海图的四个角向上翻起、脱落，接着便无声无息地覆在了我的身上。

火焰的热气笼罩着我。

（桥也烧起来了。我的脚下，桥面分崩离析，不断有燃烧着的碎块坠入河中）。

压在我身上的东西让我呼吸困难。虽然我的右边口袋里有一把匕首，但我现在连一根手指都动不了。

"停！"我喊道。

（快逃！往港口逃！再不快点儿就来不及了。）

不，这不是梦，是记忆。

那里是遥远的北方大陆。此刻，正是海猫族和山猫族的决战之夜。

这，是谁的记忆？是谁？究竟为何将我拖入这尘封已久的噩梦之中？

（必须要保护好船，船……）

我就在那里，在北方大陆！

一些海猫的船被山猫族夺走了，海猫们被困在海边。他们是我的先祖。海猫族漫长的旅程从那里开始，我的旅程也就此开启。

（航海图、被藏在石门之后……）

不、不行，记忆断断续续的，根本连不起来。桥已经被烧塌了。不能打开那个箱子。绳索、安全帽、断了桨的帆船，另一个断层空间带……散落在白沙上的扑克。滚滚的浪花将

扑克卷走了……梅花2和方片2、红桃10和方片10、鬼牌
和鬼牌……

"珊瑚郎先生！"

窗外有人喊我，听声音是个男孩。

啪！

随着一声爆响，老旧的航海图变成了碎片。我也获得了
自由，跌落到地板上。

就在我即将落地的一瞬间，我打了一个激灵，醒了。一

切都没变，天花板还是老样子，上面的印记只不过是一片略脏的水渍。

我迅速跑向窗边。窗外，是扑到了窗栏上的小榆。

"珊瑚郎先生，大事不好了！"

"怎么了？"

"刚才已经定下来由栎次郎继承族长之位。所以，阿柞一伙人生气地离开了村子。我偷偷听到他们正在商量说要把船烧了。"

"什么？"

这简直是噩梦在继续。

我紧紧地抓着窗栏。

"小榆，去找胡桃医生，让她把这个房间的门打开。"

我话音未落，小榆的身影就迅速消失了。

我感觉过了很久，但可能也就几分钟。房间的门突然被打开了，小榆跑了进来。

"胡桃医生不在这里，我也不知道她在哪儿。大人们都在集会广场，这里的人也不例外，全都走光了。"

小榆身后站着手拿钥匙串的杉菜，一脸惊魂未定，我朝她点了点头，便冲到了走廊。

"这边。"

小榆在前面带路，朝着有看守的门的相反方向跑去，冲进了另一个房间。这是一间病房，里面摆着四张简陋的病床。一张病床上躺着一位骨瘦如柴的老人，剩下的三张病床是空的。

"老爷爷，打扰了。"

小榆绕过床，走到墙角蹲下，掀开了一块地板，一个大洞赫然显现。

"小榆，你这小家伙一直在忙活什么呢？"

病床上的老人含糊不清地咕哝着。

"这里可不是你们的游乐场，别像只老鼠似的进进出出。喂，那边那家伙，你是什么人？"

老人朝我们看过来，发白的眼睛里像是蒙了一层雾气，似乎眼神不太好。

"是茱萸。爷爷，你是知道他的呀。我们过来修地板。"

"哦，哦，茱萸，坂洼谷的木匠吧。你父亲真是一位好工匠，那你快点儿帮我把地板修好吧。这凉风飕飕地往上冒，简直要了我的老命啊。"

看小榆朝我打了个手势，我便不再理会喋喋不休的老人，悄悄跟在小榆的后面钻进了地道。

地道里漆黑一片，但我能感觉到我们来到了一间非常宽敞的地下室，从这间地下室延伸出去的狭窄地道通往四面八方。

"你居然能找到这种地方，真不错。"

我一边与小榆说话，一边摸索着前进。

"这里是应急地道，医院、集会广场、族长家里都有这种地道。万一有意外，可以用来逃生。"小榆有些得意地说，"珊瑚郎先生，你生活的地方没有这种地道吗？"

"我们那里没有。"

"那如果敌人突然来了，你们怎么办呢？"

　　海猫岛不会有敌人突然来袭，所以也没有必要挖地道。我本想这么说，但又觉得和这座岛上的人说不明白。

　　地道通向一处离诊所很远的地方，出口巧妙地隐藏在灌木丛中。我们推开洞口盖着的木板钻出来。清凉的夜风拂面而过，让人心旷神怡。

　　"小榆，我想去马林号停泊处的河对岸，有近路吗？"

　　"有是有，不过那里可是悬崖啊。"

　　"那就更好了。"

　　"跟我来吧！"

小榆动作十分敏捷，这条近路是一段相当陡峭的下坡路，需要穿过茂盛的杜父竹丛。有明亮的月光，走路倒没有什么不便。但这明亮的月光也让我们无法躲藏。接下来就看如何避开河边的看守了。

我们埋头赶路，抓着藤蔓，从几乎垂直的斜坡滑下。我听到了河水的声音，没想到在这里水声就如此清晰可闻。

小榆突然停下了脚步，转过身将一根手指竖在嘴前，示意我不要出声。看来竹丛对面有人。

（我去和他们搭话，你趁机穿过去。）

小榆并没有出声，他用手势向我示意后，便闪身消失在竹丛中。片刻之后，竹丛的另一边响起了手拨枝叶的沙沙声。

"谁？"

一声低沉的声音猛地响起。

"是我呀，小榆——"

我慢慢地靠近他。

"什么嘛，吓我一跳，是榎家的小不点儿啊。这么晚了，你来这儿干吗？"另一个声音斥责道。

"我正在找我哥哥，他让我来给他送饭。"

"什么？送饭？"

我透过枝叶的缝隙悄悄向外看。有两个体格健硕的年轻人站在那儿，不知道是哪一派的。我离他们已经很近了，感觉一伸胳膊就能碰到。

"榎不在这里，他去集会广场那边了。你把饭留下，我替他吃了。"

这个看守和小榆开玩笑。

"不，不行。我哥哥会生气的。他一饿就会变得很烦躁。"

小榆的话音在我耳边响起，我缓慢地匍匐前行，从他们身边经过。

"喂，你刚才有没有听到什么声音？"

一个看守在我身后说道。

"是风吹树叶的声音啦。"

小榆应声回答道。

"是吗？嗯，应该就是风吹的，小家伙快回家去，快走吧。"

月光下的河流宛如一条银色的素缎，我所在的地方距离河面还比较高，我的马林号就停靠在对岸。不到最后一刻，绝对不能放松。也不知道我的计划行不行得通。

我爬上一棵枝干伸向水面的小棒树，身体贴着树枝朝对岸爬去。随着我一点儿一点儿地向前移动，树枝被压得越来

越弯，枝头也被压入水中。当无法继续向前爬时，我转用双手抓住树枝，把自己吊在树上。接着，我松开了双手。

没办法，只能搏一搏了。

深夜冰冷的河水瞬间将我包围。

6/栎次郎

河水很深，水流也比看上去急得多。

我悄声入水后，就被急流裹挟着在水里转了好几个圈，接着猛地撞上了河中央的巨石。如果没有这块岩石的话，我可能会被冲到下游的更远处。我牢牢抓住岩石的边缘，重新摆正了身体，用力朝河底蹬去。从水里向对岸游的过程中，我又再次潜入水中，虽然对岸已经不远了，但游过去还是需要花很大力气。

河对岸的深水处有一团黑影，马林号静静地停在那里。

我将手搭上船舷，缓缓爬上甲板，小心地避免船摇晃。

岸边的看守还没注意到我，我正暗自想着，船却在此时发出了嘎吱嘎吱的声响。

突然，一道刺眼的光晃得我睁不开眼。

完了！

我感觉湿漉漉的身体在发热，可恶！被伏击了，我早该预料到的。

一只只火把熊熊燃起，眼神冷峻的山猫们悄无声息地将我团团围住，有些山猫还拿起弓箭，瞄准了我。

"珊瑚郎，你果然来了。"

一个略显尖锐的声音传来。

"我就知道你一定会来这里，真让我好等啊。"

我注视着出现在我面前的黑影。

"我是栎次郎，前族长柏左卫门的继承人。"

"噢，你就是新族长啊。"

我深吸一口气，坐到了甲板上，心想要杀要剐随便你了。

山猫族大多身材魁梧，栎次郎却是族群中与众不同的小个子。他的长相很像老族长柏左卫门，当然，他要年轻得多。他身材瘦小，看起来不是孔武有力的类型。不过，那双眯起来的琥珀色眼睛中却泛着锋利的刀刃般的光。我不能掉以轻心，眼前的这位新族长并不像其他人一样害怕船。

　　"把火把熄了吧，太晃眼了。"

　　我说完，栎次郎就抬手示意那些举着火把的人稍稍退后。

　　"这样可以吗？"

　　"谢了。"

　　"大致情况我从胡桃医生那儿听说了，如果你有什么话想和我说，就请开口吧。"

　　"好。"

　　栎次郎和我面对面在船上坐下来。

　　"这是我第一次登船，原来坐在船上是这种感觉啊。"

　　他开口说道，声音异常平静，不夹杂任何感情。

　　"根据我们贝壳岛的族规，船一直以来都是禁忌，你知道

原因吧？"

我点了点头。

"除此之外，你还知道些什么？"

"再没别的了，我只是一名水手而已。"

"我还想让你知道我们的祖先离开北方大陆，迁徙到这座小岛的原因。"

栎次郎坐直了身子。火光为他的身体镶上了一层红边，那矮小的身形看上去一下子高大了许多。

"在很久以前……北方大陆的大部分区域都在山猫族国王的统治之下，那是一位拥有过人智慧和强大力量的国王。他拥有这个国家的一切，但是自始至终都不曾拥有过一样东西，那就是船，特别是海猫族的船。"

栎次郎那琥珀色的眼睛紧紧盯着我，观察我的反应。

"在和海猫族最后的决战中，山猫族终于得到了两艘船，其中一艘被烧毁了，另一艘几乎没有什么损伤。国王召集了最精干的一批族人，让他们登上那艘船，向南方大陆进发。"

"南方大陆？"

"是啊，自古以来，山猫们都相信在大海的尽头有一处地方，那里比北方更富饶、更美好。据说，在那里不必耕作，庄稼就能茁壮生长，树木一年到头都是硕果累累，河里鱼虾成群，多到溢出河面。"

族长凝望着夜空。

"珊瑚郎，是这样吗？你一定乘着你的船，去过各种各样的岛吧，这种地方真的存在吗？算了，你不必回答我。存在也好，不存在也罢，这都不重要了。当时那艘船最远也只能到达这座贝壳岛而已，那艘船叫菊石号，你应该猜到了吧。是啊，就是北边海湾的那艘沉船。"

火把燃烧着，发出噼里啪啦的声音。族长身后的弓箭手们像一尊尊雕像般纹丝不动。

"能问你们一个问题吗？"我说，"虽然菊石号最终在这里沉没了，但至少它到达了这座岛。这个距离可不短，并且菊石号还是艘大型船，那你们的祖先是从哪里学到的驾船技术呢？"

"问得好。"栎次郎目光如炬，"这正是我希望你问我的问题。族长家族中有一个传闻——菊石号的船长是一只黑猫。"

"黑猫？"

"是啊，据说他如同暗夜般漆黑，眼睛如大海般湛蓝，擅长游泳，操控船就如同操控自己的四肢般自如，并且他还教会了我们的祖先如何驾船。"

山猫族里根本没有蓝眼睛的人，那他口中的黑猫应该是

留在陆地上的海猫族的一员。

"那只黑猫没和你们一起来到这座岛上吗？"

面对我的询问，族长缓缓摇了摇头。

"据说，当时菊石号离开北方大陆时，那只黑猫还在船上，但后来他在抵达贝壳岛之前就死了。具体情况我也不清楚，当时的所有记录都随菊石号沉入了海底。从那之后又过了很多年，黑猫又出现在我们面前了。不，应该说他回来了。"

族长的话停了，他注视着我的眼睛。

"珊瑚郎，我说的黑猫就是你。"

等等，别把目前的情况和传闻混为一谈。我的脑子里一片混乱。如果他口中的黑猫真的是我的话，那现在站在这里的我又是谁？

"那你想要我做什么？"

我开口问他，说话的声音听上去极不真切，仿佛不是自己的声音。

"留在贝壳岛协助我们吧。"

"又是这个要求。"我努力抑制着内心想要怒吼的冲动，"你父亲之前也向风止提过同样的要求，我们的答复是一样的，你去问胡桃就知道了。我留在这里能有什么意义呢？别开玩笑了。"

族长只是微微一笑，视线并没有从我身上移开。

"珊瑚郎先生，我和我父亲柏左卫门的观点截然不同，我认为我们需要的不是药，而是更重要的东西。我要彻底改变旧族规！"族长突然将身体凑向我，"我们想造船，希望你能够帮助我们。"

"船？你们要自己造船？造好船之后呢？"

"离开这座岛。"

"离开贝壳岛后去哪里？"

"北方大陆，山猫族的家。我们要回到故乡，必须回去。"

栎次郎的眼中映着火把的红光，看起来炙热又滚烫。

"故乡啊。"我喃喃道。从未见过的遥远故乡啊。那片北方大陆地处断层空间带另一侧的海域。

"我不是说过，我只是个水手而已，不能指望我。"

尽管感到周围的气氛凝重起来，我仍然拒绝了栎次郎。

"建造一艘大船需要大量原料、技术、时间，这些在贝壳岛上都无法实现。"

"珊瑚郎，我们想要打造的并不是多大的船。"

族长抬头望向马林号的桅杆。桅杆上的船帆还没收，半垂着。因为刚抵达这里时，我以为只是在岸上待一会儿而已，也就没有收起船帆。

"我们想造的是这样的船。"

族长抬手指向马林号的桅杆。

"我的船？"

"是的。我会让木匠把这艘船拆开，研究一下这艘船是怎么造出来的。然后，我们会建造更多类似的船，多到足够容纳岛上的全体居民。"

拆开？我怎么可能让人把马林号拆开？

"你的想法有点儿不现实。"

"一定能实现的。无论是花上几年，还是几十年，我都会坚持下去的。"

族长冷静且自信地回答。

"我不会和你们耗几十年的。"

"请助我们一臂之力吧，我们非常需要你的知识和技术。"

"要是我说不行呢？"

"是黑猫把我们带到了这座小岛，就理应再带我们回去。珊瑚郎，你现在已经落入我们手中了，一切都在按着我的计划进行。若你在这种情况下说不，你应该知道等待你的是什么吧。"

我数了数瞄向这边的箭，一、二、三、四，总共四支，那至少会被其中一支射中吧。

我深吸了一口气。

"我还有个疑问。"

开口的瞬间，我感觉好似有另外一个自己在遥远的地方说话。

"杀了柏左卫门的人，是不是你？"

栋次郎突然脸色大变，沉默着站起身来。

火把的光还在摇曳。

7/燃烧的船

时间仿佛在此刻停止了，我们谁都没有再说话。

栎次郎，到此为止了，你威胁我也好，囚禁我也罢，我都不会帮你的。你怎么想怎么做我无权干涉，但我是不会成为你的同路人的。

我满腔怒火，同时又有一种凄楚无助感。那感觉就好似用一个破了的瓢从大海里舀水，无论怎样努力都是徒劳。我被堵进了死胡同，无路可走。

"看来我们之间没什么好谈的了。"

我盯着族长的眼睛，缓缓起身，我知道那些对着我的箭已蓄势待发。

就在这时，岸上传来一阵急促的脚步声。

"族长，阿柞他们朝这边来了！"

话音未落，漆黑的树丛那边传来一连串叫喊声和撞击声。

这是我的机会。我飞身撞开族长，将包围圈撕开了一个口子。火把滚落在地，火星四处飞溅。

山猫们一齐向我扑来，船身在这股强大的冲击力之下大幅倾斜。一只山猫脚下不稳，惨叫着从船舷上摔了下去。我趁机抓住绳索，跳上舱顶。

"喂，栎次郎，你这个叛徒！"

粗重的咆哮声乍起。

"这船可是恶魔的坐骑，你把族规都忘得一干二净了吗？我绝不允许你与海猫族为伍！赶紧给我下来！"

只见一位身形高大、体格健壮的山猫站在岸边，他手里拎了一根长棍，怒目圆睁。我猜这位应该就是族长的哥哥了。

"你胡说什么，族长是我。阿柞，你才是叛徒！"

栎次郎也不甘示弱地提高了音量。

"兄弟内讧的话，你们离远点儿，自己解决，别扯上我！"

我朝他们说道。

只见树林里冲出许多挥舞着棍棒的山猫，几乎是在一瞬间，我身边到处都是扭打成一团的山猫。我根本分不清谁是族长栎次郎的人，谁是阿柞的人。

我设法将两只对我穷追不舍的山猫推进河里，才得以脱身。力量上我不是他们的对手。

突然，岸上连续射来几支火箭，其中一支射中了船帆，火焰轰地窜了上去。我转身回头看，眼前却出现了这样一幕。

（漆黑的夜、赤红的火焰、燃烧的船……）

我想跑向桅杆，但是脚下一动也动不了，仿佛被死死地钉在原地。

噩梦和尘封的记忆再次扑向我。

（船，撑不住了，你快逃啊！）

已经，不行了。

我身负重伤，正躺在一艘大船的甲板上，眼前是熊熊燃烧的大火。我生活过的房子，甚至出生的村庄都被这大火吞噬了。

我的同伴们怎么样了？我年迈的双亲都平安吗？还有我的兄弟姐妹、我的家人……

船上到处都是山猫，那一簇簇黑影在火焰的照映下诡异地伸缩，就像在甲板上乱蹦一样。

这是大型客船菊石号，是我的船啊，最美的海猫船之一。今晚，这艘船原本要载着一船行李，向南前进，它是海猫族的最后一艘迁徙船。但是，现在一切都已经来不及了，驾驶室已经被山猫占领，船员们也都逃走了。

我把脸贴在甲板上，潸然泪下，不是因为悲伤，也不是因为害怕，甚至不是因为愤怒。在我胸腔里弥漫开来的，是一种像落入无底深渊般的、深深的绝望。

结束了，我无力回天，一切都太迟了，我什么都做不了。

"喂，你就是船长？"

一串脚步声在我耳边响起，几只山猫粗暴地将我的身体翻了过来，我能感觉到摇曳的火光照在我的脸上。

（还活着呢，搬过去，让他协助我们。）

我轻轻地抬起一只手，映在地上的黑影如同血渍般延伸开来，周围变得一片漆黑。

一波接一波的海浪涌来，吞没了我，试图将我冲走。这是我的船，我必须和我的船一起，直到生命的最后一秒。

海浪要带我去哪里？我茫然无措，罢了，去哪儿都一样，都一样……

"危险！"

不知谁的呼喊声如同冰凉的水，迎面泼在了我的脸上，使我清醒。

嗖的一声，一根棍子从我的头上方朝我袭来。我一边迅速翻身，一边抓起手边的水桶防御。吭！一声巨响，我的手臂被震得发麻。但幸亏如此，我也彻底清醒了。

对方又上前一步，试图再次抢起棍子。就在这时，一个小石子状的东西朝他的眼睛飞来，准确地命中了目标。那人大叫一声，捂着脸后退。

我来不及去看刚才是谁在提醒我、又是谁扔的石子。我迅速地拔下燃烧的箭，扔进了河里，接着扑灭了船帆蔓延的大火，之后又扑到引擎旁边。马林号启动！

随即，熟悉的引擎声响起，整艘船都震动起来。山猫们吓了一跳，停止了动作。

"别让珊瑚郎跑了！"

族长栎次郎在手下的簇拥下，挥舞着双手大声喊道。

"对，把那家伙交给我，别让他跑了！"

阿柞大吼着，将正往船上爬的族长那派的人拉了下去。

"闭嘴，你们都离开我的船！"

我拔出匕首，厉声呵斥。

"谁要敢追来，我一定会把他扔到海中央！"

这声威胁似乎很奏效，我割断了拴船的绳子。马林号似

乎难掩欢欣，船身猛地一窜，远离了河岸。船上的山猫们一半被甩了下去，一半慌忙跳下了船。

待船驶到水足够深的地方，我开始掉转船头，结果桅杆不巧碰到了一棵树，树枝与叶子纷纷掉落。燃烧的箭再次向我飞来，可恶，我现在还不能松开船舵。

我手握船舵，一脚踢飞了脚边燃烧的箭，一转身，惊愕地发现水中还有一只山猫正紧紧抓着船舷。

这只山猫身穿白衣，身材娇小，脸被一块布遮得严严实实的，一双琥珀色的眼睛闪烁着疯狂的光芒。

是胡桃!

"你在做什么!快下去!"

我喝道。胡桃却坚定地摇了摇头。

"下船吧,趁现在还来得及。"

"请把我带走吧!"

胡桃冲我喊道。

"你要这么跟我走了,可就再也回不来了,快下去吧!"

"我不回去,早已回不去了。求求你,带我走吧。"

带火的箭如雨般向我们射来,我一把将胡桃拉到船上,然后猛打船舵。

"船要晃了,抓紧!"

我身后火光冲天,马林号开始全速行驶在漆黑的河道中,朝着大海的方向前进。

8/月之摇篮

马林号驶离了贝壳岛，但在我们抵达宽阔的海域之前，船上的警报器却一直响个不停，我连说句话的时间都没有。

船没有触礁，桅杆也没折断，这并不能证明我这个船长有多高超的本领，只是运气好罢了。

果然，即便是身手敏捷的山猫，也无法追击行驶的船。虽然他们还是不死心地站在河岸上朝我们射箭，但那不过是他们唯一能做的事情罢了。

我在制造马林号的时候就考虑到了防火，它不是那么容易烧起来。尽管如此，帆还是被烧得破破烂烂了，没法再用。

行驶到安全海域后，我切换到自动驾驶模式，纵身跃到甲板上。

胡桃走过来，一脸担忧地望着我。她的脸上、衣服上到处沾着烟灰，整个人灰头土脸的。

"真是服了你。"

我微微一笑。

"你烧伤了啊。"

胡桃看着我的手说。

经她一提醒，我才注意到，至于手什么时候被烧伤的，我全然不知。

"没什么大碍。"

"我还是帮你处理一下伤口吧。"

风止有次给过我一个医药箱，我一直把它闲置在船舱的柜子里，都快忘了它的存在。但胡桃马上就把它找到了，我默默地看着她手法娴熟地给我的手上药，缠好绷带。

"我真是个不称职的医生啊。"胡桃合上医药箱的盖子小声道，"做出这种事来……就这样抛弃了岛上的人……"

"你真的，决定离开了？"

我问她。

"后悔的话，现在回去也还来得及。等退潮的时候，我把你放到岛后的浅滩上，你在贝壳岛上是不可或缺的人，没人会责怪你的。"

"不。"

胡桃坚定地摇了摇头，

"我从很久以前……自从认识了你和风止医生后，我就一直在想，早晚有一天我一定要离开贝壳岛，这次是我最后的机会了。"

最后的机会吗？是啊，今后我应该也不会去贝壳岛了。

"我明白对那座岛来说，我职责重大，我也知道我的离开会给族人造成多大的麻烦……但我无论如何都想离开那里，我想为自己活一次，而不是为贝壳岛。我太任性了，对吧？我知道，我做了这么自私的事，是不可能得到原谅的。"

胡桃转过脸去，迅速擦干了眼泪。

"忘了具体是什么时候了，我在航行途中捡到了一只小鸟。"我说，"那是一个风雨大作的日子，它飞进了我的船舱里，身上的羽毛泛着绿光，是一只非常漂亮的小鸟。但那只鸟没办法待在笼子里，如果我硬要把它关进笼子里，恐怕不出半日它就会死掉。"

"啊……"

"有的鸟是可以在笼子里生存的，但有的鸟不行。你就是后者，或许我也是。没有人会因为这一点而受到指责。"

胡桃望着黑漆漆的海面，沉默着轻轻点了点头。

"那家医院是我们家族代代继承下来的，无论是药草的辨别方法，还是药物的用法用量，从来都不会传授给外人，是我改变了这一点。我花了一年的时间，把自己掌握的全部知识都教给了大家，还留下了无论是谁都能看懂的详细笔记。我培养了三名可靠的助手，还有护士……当然，我知道我做的还远远不够，但是……"

"会有人接你的班的。他们一定会做得很好的，你已经做了很多了。"

没错，贝壳岛正在改变。虽然这个过程要很长的时间，但变化确实在发生了。风暴再猛烈，也一定有风平浪静之日，陈旧的族规已悄然土崩瓦解。由胡桃和栎次郎发起的改革将由更年轻的一代继续推进，他们可能是小榆、是杉菜，还可能是其他许许多多的孩子。

终有一天，他们会造出自己的船，旅程的目的地可能是远方的家乡，也可能是新大陆。这些我都不得而知，但我知道这绝不是坏事。

"请和我讲讲海猫岛的事吧。"胡桃仰起头对我说，"我好想知道啊，海猫岛是个什么样的地方，在那里，大家过着怎样的生活？请给我讲讲吧。"

"海猫岛……"

我闭上眼睛，一时不知道该从哪里讲起。

"你玩过舟叶船吗？"

我问胡桃。

"在海猫岛，有一种树叫舟树。这种树的叶子又大又结实，正适合用来做玩具船。海猫族的孩子一学会走路，就会收到父母或长辈做的舟叶船，这也是他们第一次真正接触船。孩子们通过观察玩具船，了解船是如何浮在水面、沉入水底的，风与浪是如何发挥作用的。孩子们就是通过这种方式牢牢掌握了船的知识。舟叶船最开始只有船身，后来小海猫还会在上面加上船帆。"

就算闭着眼睛，我也能感受到胡桃在聚精会神地看着我。

"等孩子们再大些，他们就能独自驾驶帆船出海了。所有海猫都不畏惧大海，有的孩子长大后会成为水手，有的会从事其他行业。但无一例外的是，他们有了孩子之后，又会给自己的孩子做舟叶船。"

此刻我心里想的是，要是能把这些话告诉栎次郎就好了。

我想和他说，山猫族若是想造船，也必须从小培养孩子们对船的热爱，必须要创造出属于自己的船，否则他们只会一直原地踏步无法前进。真想和他再聊聊啊，但在当时那种情形下，我只能先离开了。

不知何时月已西斜，大海平静无波，海面在月光的照耀下如同银色的绸缎，熠熠生辉。马林号以极慢的速度向西南方驶去，慢到让人感觉不到船在前进。

我回过神来时，胡桃正小声地哼着歌。

那是一首我不知道名字的歌，但我好像在哪里听过，它让我有一种亲切感。

"这是什么歌？"

听到我的疑问，胡桃转过头来，露出一个浅浅的微笑。

"这是山猫族的摇篮曲，妈妈去世以前经常唱给我听……之前我明明都忘了该怎么唱了，可一看到眼前的大海又忽然想起来了，真奇怪啊。"

"原来是首老歌呀。"

"是啊，这首歌的歌词也是非常古老的语言，早已没人使用了。"

"罗杰尼洛。"未加思索，我便将歌词中反复唱到的词汇脱口而出。

"大意是说，起风的时候，月之摇篮便开始摇晃。"

"咦？你为什么知道歌词的含义？"

胡桃惊讶地望向我。

"你会唱我们山猫族的这首歌吗？"

"我不会，只不过就在刚刚的一瞬间突然想起来了。"

我有印象，在一个能听到海浪声的小院里，月光倾泻而下，曾有人为我唱过这首歌。

但我完全不记得那是什么时候，具体在哪里了。

"罗杰尼洛在古语中就是起风的意思"，这句话到底是谁、在什么时候告诉我的呢？我的记忆到这里便是断崖，而崖底的记忆里夹杂着遥远的先祖时代的回忆碎片。

那时候，海猫和山猫一定不是敌人。驶向大海的船需要用山上的树木建造。海与山，本就是孪生兄弟，也许海猫族和山猫族曾经是伙伴，共赏同一轮明月，共唱同一首歌谣。

"珊瑚郎先生。"胡桃在短暂的沉默后开口了，"你真的是海猫族吗？"

"为什么这么问？"

"因为我们山猫从小就被教导，海猫可是非常可怕的敌人，一直以来他们都非常憎恨我们山猫。"

"那都是过去的传闻罢了，和你我都没关系，而且……"

我眼前又闪过那赤红的火焰在风中摇曳的场景，船上那种被黑影团团围住、自己要被大火吞噬殆尽的绝望感在这一瞬间忽然涌现。

菊石号的船长啊，你恨山猫族吗？你心里一定是恨的吧，他们是夺走你的一切的敌人，他们夺走了你的船，你的家人，还有你的故乡。

你听命于那群人，驾驶着最后一艘船，完成了最后的航行。你追寻着同伴们的迁徙路线，穿越了海上的断层空间带，但船没有向海猫岛行驶，你在即将抵达目的地时改变了方向，朝着小小的无人岛——贝壳岛前进。

船长死去的时候，船也不复存在了，一切都被封印在那座无人岛上。

为了守护海猫岛，你只能这么做。对吧，菊石号船长？

你的血液确实在我的身体内流淌，你的记忆也由我继

承了下来，但那都是过去的事情了，如今我有我自己的处理方式。

我抬头仰望夜空，被称为水手星座的七颗星星连成一线，闪闪发亮。这些星星在夜空中闪烁了多久呢？海浪就像摇着摇篮似的，轻柔地推着船。

"刚才的歌，能为我再唱一遍吗？"

我对胡桃说。

她犹豫了一下，然后仿佛呢喃一般轻声唱了起来。

风轻扬，夜未央，

月之摇篮摇晃晃，

晃得小宝入梦乡。

安然入睡心酣畅，

金色竖琴做奖赏。

风轻扬，夜未央……

歌声随风飘远，与浪花相撞，与海浪声交织在一起。

9/烟花

我和胡桃坐在新月岛西海角诺亚镇的一家小餐馆内。

除了坐在窗边的我和胡桃，餐馆里没有别的客人。

远处的音乐声随风断断续续地飘来，餐馆老板告诉我们，今晚海边有夏日庆典活动，大家都去那里玩了。

"多少吃一口吧。"

我对坐在对面的胡桃说，已经记不清这是我第几次这么说了。

"好的……"

胡桃低着头，用叉子戳了戳盘子里的食物，里面的食物一点儿都没少。这可真让人发愁。

把胡桃带到新月岛，我有我的考虑。她的样子在一群海猫中间实在是太显眼了，我不能光明正大地把她带回海猫岛。而且，一只山猫突然到一群海猫中生活，一定会很难受，就算她是胡桃。所以，还是让胡桃生活在种族混居的新月岛吧，这样她也会轻松一些。

我先把船开进了新月岛的沙罗港，将胡桃留在船上，独自去了一趟渡轮办事处。我查询了下一班渡轮的出发时间，然后赶在渡轮出发前写了一封信，托水手们帮我转交。紧接着，我便驾驶着马林号前往西海角。

我非常喜欢西海角，这里不像沙罗镇那么喧闹，一切都是那么宁静悠闲。虽然这里没什么稀奇的东西，却能让心灵得以休憩。

其实选择这里还有一个原因。在诺亚镇的郊外有一座很大的农场，那里种着各种能做成草药和香料的植物，农场主一直希望能招到专业知识丰富的员工。我冷静地想了想，打算把胡桃托付给农场主。

虽说这里的植物和贝壳岛上的可能不大一样，我还是觉得胡桃能胜任这份工作。对她来说，有份工作做会比较好，这样也有助于缓解她焦虑的情绪。把新月岛的医师证和药剂师证考下来对她来说应该不成问题。

我和胡桃说了这件事之后，她明显兴奋了许多，看上去比在贝壳岛幸福多了。但她还是看着食物怎么都无法下咽。

我已经拜托厨师尽量把菜做得清淡了，但胡桃却只是忧郁地盯着盘子。

难为她了——孤身一人远离故土来到这里，并且这辈子再也无法回到贝壳岛了。无论她来之前下了多大决心，想要适应这边的环境总是需要时日的。

"食物可能不太合你的口味，但如果不吃的话，身体会垮掉的。"

我苦笑着说道，总感觉这句话有些熟悉。

"算了，没关系。我给你订了一些药，应该很快就能到。"
我说道。

"药？"

胡桃抬起头，疑惑地问道。

"一种特效药，能让你有点儿食欲。"

我盯着墙上嘀嘀嗒嗒走着的时钟，心想还要晚一会儿吗？

不，时间正好。

彩色玻璃门啪的一声被推开了，有位客人大步流星地走
进店里。

"珊瑚郎！"

大声喊我的人是风止。

"喏，药来了。"

我一边悄声对胡桃说，一边朝风止挥了挥手。

风止把手里圆鼓鼓的出诊包扔到门口的椅子上，径直朝
我走来。

　　"珊瑚郎，怎么了？那封信是怎么回事啊？你信中说的重症患者，究竟……"

　　风止喘得上气不接下气，话还没说完，突然惊讶地张大嘴巴，胡桃手中的叉子啪的一声掉到了桌上。

　　"胡桃医生……怎么……怎么会出现在这里?！"

　　"病人不是我，是她。"我忍住笑说道，"她好像没什么食欲，你可是名医，帮我想想办法。"

我把惊讶到近乎呆滞的风止按在胡桃面前的椅子上，自己转身走出了小店。

庆典之夜，小镇的街道亮如白昼，到处都装饰着五颜六色的灯，路两旁摆满了卖食品和玩具的小摊。

五彩缤纷的悠悠球、从孩子手中飘走的气球、熟透的瓜果、圆玻璃缸里的月光色金鱼……

孩子们手里提着蓝色、绿色的小船灯路过，庆典活动上欢快的音乐声越来越近。

"喂，等一下，珊瑚郎！"

风止拨开人群，追上来抓着我的胳膊，呼哧呼哧地喘着粗气。

"你要去哪里？"

"回海猫岛。"

我回答。

"怎、怎么回事？你就这么一个人回去了？不载我一起回去吗？"

"不了，还是一个人比较轻松。"

"那我该怎么回去啊？我也得回去啊，医院那边还需要我。"

"你在说什么？院长偶尔也需要请个假休息休息啊，医院那边我会替你安排好的。"我笑着推了风止一把，"听着，风止，这是你的责任。如果你没能治好那位厌食症患者，你这院长就别干了。"

"但是，珊瑚郎……等一下，这也太强人所难了。"

我继续往前走，风止的声音在我身后回荡。

我来到桥上，看见孩子们将小船灯放到水面上，许许多多的船灯摇摇晃晃、挤挤撞撞地顺着水流漂远。

"许个愿吧。"一个提着蓝色船灯的女孩与我擦肩而过时对我说，"如果小船一直驶到大海中灯光都没有熄灭，那你的愿望就会实现。"

"你许了什么愿？"

"秘密，秘密！"

女孩笑着跑开了。

突然，砰的一声，夜空顿时亮了起来，是烟花！人潮开始朝大海的方向涌动。

我停下脚步，抬头仰望夜空。

烟花嗖、嗖地升上夜空，啪地绽放，转瞬间又换了一种颜色和形状。

"啊，太美了，太美了！"

身旁的小孩被他爸爸高高举起，兴奋地叫着。孩子圆溜溜的大眼睛中映照出缤纷的光影。

烟花接二连三地升上夜空，宛如鲜艳的花朵在空中绽放、消失，绽放、再消失，有绿色的、红色的、蓝色的、紫色的……琥珀色的星星旁边仿佛抛洒着金色、银色的雨。

小榆，我也想让你看一看这绽放的烟花。有朝一日在贝壳岛上，你一定也能看到这样的景象。所有人都不用担心有敌人来犯，所有人都可以在海边尽情燃放绚烂的烟花，所有

人都驻足仰望，有说有笑。

烟花的"花瓣"从空中飘落，欢呼声一浪高过一浪，我缓缓走入这浪潮之中，感受着热闹与欢快。

Kuroneko Sangorô Tabi no Tsuzuki 3 – Honô wo Koete

Text copyright © 1996 by Fumiko Takeshita

Illustrations copyright © 1996 by Mamoru Suzuki

First published in Japan in 1996 by KAISEI-SHA Publishing Co., Ltd., Tokyo

Simplified Chinese translation rights arranged with KAISEI-SHA Publishing Co., Ltd.

through Japan Foreign-Rights Centre/Bardon Chinese Creative Agency Limited

Simplified Chinese translation copyright © 2024 by Beijing Science and Technology Publishing Co., Ltd.

著作权合同登记号 图字：01-2024-0913

图书在版编目（CIP）数据

沉船往事 /（日）竹下文子著；（日）铃木守绘；王俊天译. —北京：北京科学技术出版社，2024.5（2024.10 重印）
（海猫的旅程 ；8）
ISBN 978-7-5714-3813-5

Ⅰ. ①沉… Ⅱ. ①竹… ②铃… ③王… Ⅲ. ①儿童小说－长篇小说－日本－现代 Ⅳ. ① I313.84

中国国家版本馆 CIP 数据核字（2024）第 068277 号

策划编辑：石 婧　韩贞烈	**电 话**：0086-10-66135495（总编室）
责任编辑：张 芳	0086-10-66113227（发行部）
责任校对：贾 荣	**网 址**：www.bkydw.cn
图文制作：沈学成　杨严严	**印 刷**：北京盛通印刷股份有限公司
责任印制：吕 越	**开 本**：880 mm×1230 mm　1/32
出 版 人：曾庆宇	**字 数**：55 千字
出版发行：北京科学技术出版社	**印 张**：3.875
社 址：北京西直门南大街 16 号	**版 次**：2024 年 5 月第 1 版
邮政编码：100035	**印 次**：2024 年 10 月第 2 次印刷
ISBN 978-7-5714-3813-5	

定 价：35.00 元

竹下文子

作品《最接近月亮的夜晚》获日本童话会奖，《星星和小号》获第十七届野间儿童文艺推荐作品奖，《路路的草帽》获日本绘本奖，"海猫的旅程"系列获路旁之石文学奖。其他作品有《叮咚！公共汽车》《加油！警车》等。

铃木守

日本著名画家、鸟巢研究专家。1952 年生于日本东京，曾就读于东京艺术大学。作品"海猫的旅程"系列获红鸟插画奖，《山居鸟日记》获讲谈社出版文化绘本奖。其他作品有《向前看 侧过来 向后看》《咚咚！搭积木》以及"汽车嘟嘟嘟"系列等。